U0484356

文学之都
未来诗空

老海州

孔灏 著

江苏凤凰文艺出版社

图书在版编目（CIP）数据

老海州 / 孔灏著 . -- 南京：江苏凤凰文艺出版社，
2023.1
（文学之都·未来诗空）
ISBN 978-7-5594-6155-1

Ⅰ . ①老… Ⅱ . ①孔… Ⅲ . ①诗集－中国－当代
Ⅳ . ① I227

中国版本图书馆 CIP 数据核字 (2022) 第 203229 号

老海州

孔 灏 著

出 版 人　张在健
选题策划　于奎潮　陈　武
责任编辑　孙楚楚
特约编辑　朱　莹
责任印制　刘　巍
出版发行　江苏凤凰文艺出版社
　　　　　南京市中央路 165 号 , 邮编 : 210009
出版社网址　http://www.jswenyi.com
印　　　刷　三河市华东印刷有限公司
开　　　本　880 毫米 × 1230 毫米　1/32
印　　　张　7.375
字　　　数　138 千字
版　　　次　2023 年 1 月第 1 版
印　　　次　2023 年 1 月第 1 次印刷
标准书号　ISBN 978-7-5594-6155-1
定　　　价　52.00 元

江苏凤凰文艺版图书凡印刷、装订错误，可向出版社调换，联系电话 025－83280257

目录 contents

老海州

001	老海州过寒菜
003	吹糖人儿
005	老海州火车站
007	小苍巷雨夜
008	双龙井
010	崖阴积雪
012	马耳晴岚
014	虎峰夕照
016	镇远楼
018	海州五大宫调
020	塔山古道
022	文峰塔
024	老海州跑旱船

026	锦屏山
028	海州市桥
030	孔望山
032	甲子桥
034	秦东门
037	儒学巷
039	题孔望山摩崖造像
041	在龙洞庵吃茶
043	孔望山汉代石象
045	海宁禅寺
047	郁林观
049	经过一些河流
051	我们牵手走过海边栈桥
053	那年秋天在蔷薇河畔
054	白鹭
056	桃花涧
058	新坝大白菜
060	锦屏汽车站即景
061	新坝：白杨为时光闪出一条道路
062	玉带河：渡头余落日
064	连云港抒怀
065	临洪口蟋蟀

067	石棚山：此夜
069	碧霞禅寺
070	花果山的春天
072	1998年6月2日海州纪事
074	在白虎山上遇见一块石头
076	小苍巷听雨
078	沿海小城
080	知也不知
082	云台山采茶调
084	在锦屏山顶眺望一朵花开
086	洪门果园十四行
087	南园新村：今夜的月亮
089	老海州秋日
090	在海州遥想异乡的雪
091	走一些长长的路
093	板浦的秋天
095	海州区幼儿园
097	凤凰城午后
099	有篱笆的地方就是家
101	翻过你家南墙
103	白虎山下的红叶
104	喜鹊呼晴

106	虎皮井
108	朐山书院
110	二营巷
112	朐阳门
114	朐园旧长椅
116	旷　野
118	风　景
120	小于醉
121	两滴雨
123	青龙山
126	双龙街
128	山风无用
130	岗嘴村
131	旸谷朝霞
133	疏楼夜月
135	蒙羽秋成
137	西墅晚霞
139	海天一色
140	古观竹林
141	天门奇峰
143	石室春风
145	云龙飞瀑

147	千古石棺
148	长堤环海
150	海州曹巷
152	出门前告诉娘上哪儿去
154	此后的日子
156	云雾茶
158	小苍巷桐花
160	洪门果园
162	玉带河蛙鸣
164	桃花涧桃花
166	海州骊歌
167	云水湾观荷
169	整个春天
171	在连云港海边眺望
173	海州玉带河
175	海州乘槎亭
177	南城凌霄花
179	匡衡井
181	锦屏山游记
183	南大山
185	民主路之夜
187	老海州三日

005

188	月牙岛
190	海州蝴蝶辞
191	在灯下翻看旧时的车票
193	大圣湖
195	问海州
197	安静之诗
198	水边的日子
200	桃花必须要开
202	到海边,去想一个人
204	在千里之外
206	在海州和你看雪
208	蔷薇河上的月亮
210	刘备试剑石
213	石曼卿读书处
215	淮海锣鼓
217	海州古安梨
220	老海州凉粉
222	白虎山建党亭
224	苍梧晚渡

老海州过寒菜①

在霜冻中取出天下人的苦
在老海州某段特定的城墙下,取出
无法移植的一生
在浩大的秋风里,取出
自己的锋利。取出
自己边缘的齿轮
转动游子,舌尖上的归程

喝过一口双龙井的水
挺起胸膛,就可以如钟鼓楼上的铜钟
轰然作响
走过一段南门外的路
回头一望,就水阔山长、满目春光
在白虎山庙会的人群之中,被她看一眼

---

① 老海州过寒菜,连云港市海州地区特有的一种越冬蔬菜。据说正宗的仅分布于海州古城墙附近。有人称海州方言的口音为老海州过寒菜味。

就怀抱了玉带河送不走的月亮
谁家的窗前烛影摇晃
那是少年的梦和心事,九曲回肠

老海州过寒菜
是老海州的一味美食
也可喻,老海州方言的声腔
那些说不出口的爱,不必说了
所有的归来
皆是表白

经冬的过寒菜
都有隐隐约约的红
像是人的名字
也像是,心的感动

吹糖人儿

羡慕过一只小狗
蹲守在你家门前
羡慕过一只猫
在你怀中,若无其事的慵懒
羡慕过栀子花
插在你鬓边
羡慕南风
吹过几百年前的朐阳门
也吹过几十年前
你的笑声,和秋千

羡慕那个吹糖人儿的
保管了你的甜
羡慕那些被吹出来的糖人儿
成为你身体的一部分
成为,留下了当年月色的
某段玉石栏杆

老海州的糖人儿有神仙也有鬼怪

有凤凰老虎

也有兔子和螃蟹……

"对于美丽来说

什么样的力量能使之内外如一？"

也许

甜蜜，算是一种选择

吹糖人儿的人

和时间

有秘密的约定

他赋予命运万象之形

让每一个作出选择的人

注入自己的灵魂

亦如老海州

亦如你

亦如吹糖人儿

必有一声吆喝

让人

守住那个，想要出走的自己

老海州火车站

汽笛在深夜来到枕边
悠长、舒缓。一列火车
它历经了千山万水的喘息
在深夜里　悠长、舒缓
带着千山万水历经我安静的睡眠

一车明灭的灯光有没有晚年？
车厢的阴影里　微弱的烟火
燃烧着世界内心的黑暗　一闪
一闪。一闪而过的还有岁月——
那些白衣飘飘的岁月！
那些　真实、琐碎
那些成长的每一天
那些花朵、落叶
以及勇气与卑微的驿站……

千山万水　或者喘息

或者　悠长、舒缓的汽笛
这么多近在咫尺的远方的深夜啊
我却只有　安静的睡眠

我安静的睡眠　和我
是两条　坚硬的铁轨
汽笛在深夜来到枕边
它留下枕木一样沉默的脱发
让我一次一次地错过
我　不曾经历的生活

小苍巷雨夜

隔二十年的长夜听十七岁的雨声
四野的犬吠
亮成邻近的高楼上　绚烂的灯光
六月的后面　乡村少年的心事
被满湖的荷叶说破
身边熟睡的妻子　比梦遥远的莲子

一场雨最终将改变些什么
钢铁和花朵　在雨声中
将分别有着怎样的坚持　和继续

今夜　暴雨拍打的长江
流得安静

双龙井

海州古城南门外诸井皆咸
唯此井甘美
明代的明月照过来,没什么惊艳
清代的清风吹过来,也没什么波澜
一口井告诉自己:
不过一口井而已,一口井
本当如是
养活乡亲　是本分
上善若水　是本然

双龙井,井内有双龙
井底海眼　直通东海龙宫
我年幼时也曾被父母寄予厚望
在井边嬉戏
那井水照见了自己的影子
模糊　又清晰
一如未来之莫测　而可期

"一口井再甜，它也上不了天
它只能向下　而且必须
向下，向下，再向下……"
但是一定有一种向下偏偏能够得到升华！
一定
有一种坚守　偏偏能够行遍天下

五十三年了，我终于知道
为什么这尘世间的行走　如此高蹈
又如此脚踏实地
永远把一口井背负在肩上
我就有了云行雨施的天空
我就有了
天下归心的　海洋

崖阴积雪①

山之北　鲜有人迹的小径
已陷入沉思。鸟从回忆里飞起来
像是还在寻找着什么
几棵松树相互提醒
要让风　想起那个遥远的清晨

岩石天生孤寂　相对无言
但却相互成就
野兔对这个世界充满不安
添置了几处宅院
仍在到处打听　房地产的价格

昨天的雪，全都落在了昨天
此刻　那些零星的飞舞

---

① 崖阴积雪，老海州朐阳八景之一，指冬天从海州城向南望锦屏山，山阴常年积雪，如同粉妆玉琢。

是宿醉醒来，关于断片之后
似是而非的疑惑
在川流不息的时间背面
那披着粉妆的山峰在阳光之下若隐隐含泪
是说所有的感动都有源头啊
是说，昨天的雪
全都　落在了昨天

所有能被一场雪改变的
最终，也将改变一场雪
山之北
享誉千年的风景
让雪下无名的草根
有了　改变世界的决心

马耳晴岚[1]

相信爱

也就相信了坚持

喊一声哥哥

天更蓝了

喊一声妹妹

水更绿了

相信爱也就相信了永恒和意义

以马耳　为山峰命名

万物有灵　万物有亲

晴空之下

浮云有漂泊的念头

岚气，有归来的想法

唯美酒与佳人不可辜负啊

---

[1] 马耳晴岚，老海州朐阳八景之一，指锦屏山的马耳峰在阳光的照耀下，岚气蒸腾，犹如彩凤飞翔。

饮一斗春色
翠竹黄花皆有意
这如花美眷
这烟火人间

彩凤不说天外事
蘑菇打伞
在谁的断桥边

锦屏山中
那一排一排　杂乱到有序的松林
都需狠下心来　疾步走过
最怕是偶尔驻足细细一看
原来一棵一棵
全是　曾经深爱过的亲人

虎峰夕照 ①

我曾经看过枯水季的黄河
我体验过"有心杀贼、无力回天"的感觉
在秋天的白虎山上
山风飒飒
虚空里的声音
让时间　有了形状

我也曾经热衷　流连于草木之间
我曾希望
所谓的"君子豹变"
是要让猎豹们也能素食
行止得体　如温润的君子
那么　一座山成为一只虎
或一只虎化成一座山

---

① 虎峰夕照，老海州朐阳八景之一，指白虎山在夕阳的映照下，犹如一只沉睡中的白虎。

也都是一种　顺其自然

眼前人　心中事
或者有一天
真的都能成为　理想的样子
如是风花雪月
如是　悲欣交集

想到了众生都有自己的苦
我　就羞耻于自己的糖尿病
羞耻于
在夕照里　被一只老虎
感动到哭

镇远楼

在历史中选准自己的位置
遥遥相对着
每个人的远方
青山隐隐。鹧鸪是从唐宋穿越过来的词句
说到命运时
每块仿旧的砖石　皆有风骨

甲子河经历太多甲子
秀才相公好脾气，他为童子开蒙
他是童子们身边最具体的《三字经》《百家姓》
《千字文》和天干地支
明月如霜。先生的吟诵苍凉如逝水
在静夜里流淌：
"柔远人，则四方归之；怀诸侯，则天下畏之……"

镇远楼下的拱门是时间的出口
那凯旋的黄骠少年

终于　还是败给了白云苍狗

八角风铃隐忍

五大宫调纵情

赑屃背负芸芸众生之苦

不作半声

早些时候　或更早些时候

镇远楼

曾名"钟楼",亦曾名"鼓楼"

我在这附近已生活了半个多世纪

偶尔反省自己

也会惭愧,也会自问:

"乐云乐云,钟鼓

云乎哉?"

海州五大宫调[1]

"软平"是春天的岚气若有若无

"叠落"是兔子撒欢儿

"鹂调"婉转出太多夜晚

"南调"妩媚——是公子被小姐爽约在后花园

是那上天台的丑和尚　偏生遇见个俊货郎

东海茫茫,"波扬"调中有饮者

其喜洋洋

仁义礼智信

天地君亲师

木火土金水

肝心脾肺肾

五方五佛

五通五鬼

---

[1] 海州五大宫调,指流布在连云港市及周边地区的一种以"软平""叠落""鹂调""南调""波扬"等为基本腔调、用曲牌连缀体来演唱的艺术形式。

五柳先生道"归去来兮"
故事和结局都等在那里
可千古以来,谁
能够出戏?

笑人之可笑,悲人之可悲
最好的观众都是最好的演员
刚日读经柔日读史
烟火人间
一眨眼,莺歌燕舞
都换作了浩浩长风猎猎战旗

声腔轻抚水袖,曲调助你登楼
舞台困不住神仙的自由
老海州,深谙"丝不如竹,竹不如肉"
他用一副一副肉嗓子
打造江山　和永远

塔山古道

孔望山西南吴窑有塔山
塔山之上
有宋代古道
古道自公元1191年出发
经塔山山脊西侧南下
过山谷,沿九龙涧以东
穿侧山坡向南
可至岗嘴夹山口之当年海港

这是古人的路、古人的生活
这并不妨碍现在的我
也从这里经过。经过这里
经过丛林和碎石
经过漫长人世
经过邻家的菱花镜
和绣房里的心思

古道边的野草见过敕勒川

它理解的蓝

更接近于勇敢

渡海而南，楚州泗州皆有辽阔长天

但如果坚守住了时间

海洋也不过是谁的泪水

早晚　会被擦干

塔山古道

有布衣之闲散，有末路之离乱

自公元 1191 年出发

可遇见我和她坐在黄包车上

于二十世纪三十年代的上海百乐门前

欲说还休，欲说还休

欲休，却同样不知

如何开口

文峰塔

以一种宗教建筑的形式寄托愿望
文峰塔，努力在历史中抽身
他要剥离掉原来的意义
赋予生活，以更新的内容

"三十老明经，五十少进士"
究竟是怎样的试题，让时间
体会到了难　和易？
马蹄声疾
轻狂少年和萧然白发
只隔一日，一日
一日大鹏同风起
一日看尽长安花

文峰塔，"开文运，发科甲"
一般建于东南
对应巽卦

巽为风，为顺

为长女、秀士、道人、法师

为鸡，为百禽，为山林中的虫、蛇

为绿色，为酸味……

文脉之所系，或曰亦如是

文峰塔尖

须高于本州、本县诸山之巅

如是者　通灵、显圣

如是者更多虚空

乃有更多期盼

老海州文峰塔建于清嘉庆九年

是年也：

林则徐中举，任厦门海防同知书记

海地黑人起义

法国《民法典》正式颁布

拿破仑加冕称帝，法兰西第一帝国建立

是年也：几个老海州的读书人

在文峰塔下

吟诗、作对　煞是风雅

老海州跑旱船

中大街居中守正而成其大
老海州的旱船小
小到，你是不是宰相
它都能撑进你的肚子里去

英雄迟暮。承平日暖
雪夜楼船
被看不见的波浪
拍打到浅滩
拍打到　灯火阑珊间

老艄公行船多少年
至此《武家坡》前
亦轻薄　亦狂癫
"西凉川四十单八站，为军的要人我就不要钱"
这水急风高
这平地巨澜

让尘世间多少含泪的双眼　强作欢颜?

锣鼓喧天
敲打出生龙活虎之外的一种无力
终不敌一招一式间
小儿女的欢喜　真切如春意
"活着从来都是一种执着"
拥挤的看客
在欲生欲死欲仙欲醉的戏文里
个个找到　感天动地的自己

在老海州跑旱船
历史是我的风帆
未来是我的娘子
当最后一声锣响众人皆散去
要把全场的家什收拾好
收拾好　你许给我的
一夜良宵

锦屏山

老海州南向有山曰朐山
清康熙十三年
时任海州知州的孙明忠认为此山锦绣如画屏
因以"锦屏"名之
天下事
有源与本
有庄而重之
亦有平实与轻易

吾之乡人
乃径呼此山曰南大山
其耕读传家者众
或对照《诗经》之《南山》
端正自己
或沉醉于陶渊明《饮酒》
采菊或悠然
又或者,入山捡择柴草数捆

供家用

或鬻于道中

南大山，山势连绵

相逢者但知山中日月长

然不论观棋事

亦无望得遇仙女

犹粗眉大眼之村野少年也

无　　所用心

亦无　所不用心

锦屏山则不然

一眼看去，锦簇花团

此二者

山名虽异其实相同

是皆有所待也——

待走南闯北

归来者

在此卸下心中块垒

或满眼泪水

海州市桥

老海州有市河穿城而过
其上建桥五座
皆名市桥
而今沧海桑田千百度
唯余原西市桥是为一
此地名已渐如异乡的漫游者
人不知所自
亦不知何之

我与昔日是为二
昔日之少年意气,纵酒高歌
即今之年过半百、谢顶近半秃者
庙堂远
江湖也远
市井所临之河
有渡者
亦有不渡者

我今已想不起当年喝酒的理由

市桥口呈十字
现只有条条大路
早已经无桥
但是无妨
看四条路上皆有人　熙熙攘攘
在时间的河流上
他们，不需要艄公
或者船娘

在这里
我曾走入一千年前，一百年前，十年前，一年前
我说
我还能走入一年后，十年后，一百年后，一千年后
你信不？

你信不信
可能，也并不重要
重要的是
一年后，十年后，一百年后，一千年后
还有海州，还有市桥

孔望山[1]

登东山累
登泰山累
而小鲁小天下之事
更累!

也有不累的方法
须看山是山
看海是海
当不舍昼夜的流水在眼前汇聚
且看点点鸥影似演习周礼
阵阵松涛
如奏响韶乐

——就让自己的名字
成为山的一部分

---

[1] 孔望山位于江苏省连云港市海州区,因孔子登临望海得名。

就让自己的眺望
成为海的一部分
多么辽阔的一孔之见啊：
这世间，真正的高度
总是需要
相互映衬

那个登山望海的人
已经走了很远很远
他没有回头
他从此以后再没有回来
从此以后
一座山，再没有离开

从此以后
海可以不等他了
海和他一样
有自己的远方……

甲子桥

甲子河因水道通于甲子年间而得名
河上有桥
亦如是名之

以时间为河水命名
和以河水喻时间
像极了两个知根知底的老朋友
相互为对方提醒
相互，向别人说明
但是我们记得一个人远比记得一座桥难多了
哪怕他走的桥比我们走的路还多
哪怕他有钱，有权，长得还帅
哪怕他本来就与我们认识
但是，要说到记得他
那真是远比记得一座桥难多了

一座桥横在时间与河水之间

像一种隔离

又像一种消弭

我们也是

有时候，把时间当河水

有时候，把河水当时间

所以每一座桥都过目不忘

过耳不忘

或，啥都没过

也不忘

有民俗专家说：

甲子年可能以立春为界

也可能，以春节为界

老海州的甲子桥跟立春和春节都没什么关系

但是它名字在那儿

就变成了，我们生命中注定要经过的某个日子

时间快时，我们

在甲子桥上过

时间慢时，我们

在甲子桥上坐

秦东门

在天下的版图里坚持着自己
不偏执,不随意
率土之滨
肉身和世界互有边界
"立石东海上朐界中,以为秦东门"
古老的帝国面朝大海
胸怀着光芒万丈的清晨
和旁若无人的矜持

两千年无非一弹指
从《史记·秦始皇本纪》,到秦东门旧址
现在一脚油门可至
不必想象始皇帝三次东巡的场景了
"大丈夫当如是"
或,"彼可取而代之"
都不装,且都性情、有趣
是正常人应该有的样子

想来"真佛只说家常话"
当不过如此

我年少时常常经过秦东门雕像处
对于高大、遥远 神秘
以及保持威严所需要的距离
都缺少认知
那石头中行走的人、马还有车
在众目睽睽的围观和风霜雪雨的侵蚀里
旁若无人
他们为时间划定疆域
为传说和历史 分出不同的角色

秦
东
门
"秦"为时间：
自公元前221—公元前207年
是中国历史上第一个中央集权的封建王朝
"东"为方位：
"从日在木中"
为震卦，为长子，为木，为生发

"门"为器物：
由各类房屋出入口
引申出门第、家族和派别、类别意

孔圣人他老人家说：君子不器
可我分明看见，家住秦东门边
每个人
都不知不觉，成为一扇
流浪四方的秦东门

儒学巷

老海州人把文庙也叫儒学宫
儒学宫西侧有一巷
州人名之儒学巷

儒学巷地处老海州中大街
子思子曰:"喜怒哀乐之未发,谓之中"
孟子曰:"充实而有光辉之谓大"
中,而且大
是儒学教人之根本
亦即君子之率性尽心
儒学巷,"里仁为美"
斯地"德不孤,必有邻"

儒学巷南对闹市,北有通衢
书声琅琅　世界清平
不避南市场屠户的叫卖
不掩马路边那些背井离乡之人

衣上征尘,脸上泪痕

有史料载:
清嘉庆十一年即公元 1806 年
至清光绪三十一年即公元 1905 年科举废止
老海州百年间走出 34 位举人、4 位进士
另有武状元一名
儒学巷人家年年兰桂飘香
儒学巷外
高天上重复着变幻的云彩

子曰:有朋自远方来,不亦乐乎?
儒学巷伸出长长的手臂
抱住古城,和岁月

题孔望山摩崖造像[①]

被石头凝固
岁月所有的表情
都成为历史
思想者
你风一样浮现的面孔
在飘忽的瞬间
要抓住谁的永恒

千年以前
千年以后
桑间陌上的路
仍在续着多少尘缘
其实有些歌就是不唱也会流传
有些石头

---

① 孔望山摩崖造像,位于海州孔望山南麓西端。内容有佛教涅槃图、舍身施虎图及佛、菩萨弟子、力士和供养人等的图像,比敦煌莫高窟壁画早二百多年,是我国迄今发现最早的佛像石刻。

就是不开花，也有春天

一个人离去　留下
一群人；一群人离去
留下天空、大地和海洋
而云朵依旧是被擦拭洁白的船帆
风的摇曳　依旧在泥土中生长
浪花的果实
让多少泪滴与谷粒
从此有了　相同的重量

思想者　如鱼饮水
冷暖　是世态的炎凉
记住背后那些望你的眼睛
记住　那些梦幻一般
安安静静的星星
它们照亮安安静静的生长和死亡
照亮　喧嚣之外
平淡而又真实的那些
幸福和忧伤

在龙洞庵吃茶

吃茶的人面如满月
曾经指月的手
端杯
端今春的岚气
也端,去冬的雪水

一天的云影是茶香
一山的鸟鸣是茶香
一晌的淡定是茶香
此刻
茶在哪里
杯　又在哪里?

八百多年的糯米茶树
结八百多年以前的宿缘
好茶树明心见性
他拈花——

不笑

且绷出一树苦苦的表情

说因，说果

知因的不伤春

识果的不悲秋

青灯古佛的左邻右舍

一边是赵州

一边是海州

在龙洞庵吃茶

看一壶水热热烈烈地念诵佛号

孔灏说：

庵外，再猛烈的大风

在这茶边

也只能　一掠而过

孔望山汉代石象

石头的汉朝在莲花上行走
汉朝的石头　步步莲花
一只大象突然停下脚步——
这时代的落伍者
它形单影只
它的血肉之躯不知何时
已弃它而去!

阳光如雨
那些热切注视的目光　清亮如雨
当遥远的天竺遥远为前世
是不是确有另外一个自己
不浮躁　不轻佻
坚忍的操守稳如磐石
灵动的想象　归于朴实

这一生

只能这样停下来了

停成一种行走的姿势

停成一个强悍的朝代里

对于永恒的追问　和坚持

过去心　了不可得

现在心　了不可得

看这憨憨的石象是多么幸福

用身体塑造灵魂是多么幸福

而脚下

那莲花不语!

她正细听

听石象对谁说话

操梵语,海州口音……

海宁禅寺

在喧嚣的人群里
禅寺的静
被摊成蒲团上的
一本佛经

香烟袅袅
午后的时光缭缭绕绕
一僧入定
一僧
想起前世的风铃声声

禅寺端坐山腰
山顶的白云
便有了思想

山路上
佛突然拈出一树桃花

那是谁的

会心一笑?

郁林观

山之一角
地小,天也小
小天小地里
有几只小山羊懵懵懂懂
迈着行书的步子
啃食魏碑体的青草

是千年以前的某个初春吧
那千年以前的几个读书人
正在这里抒情
我们站在一千年以外的地方
看他们饮酒、吟诗
看他们真草隶篆行的情怀
碑铭一样深刻
岁月一样远逝——
看那些不加句读的漫漶文字啊
多像他们留给历史的

模糊的背影

观里的道士们种桃去了
野花和蝴蝶
就有了几分随意
郁林观里,阳光安静
墙壁上的拂尘被风吹起
几缕烟云飘动
几处院落飘动
呀,整座郁林观飘然而去
仅留下一树桃花
偷偷地笑我

错啊……
一说即错!
这春色,这春色依旧无边无际
但是谁把鸟鸣
遗落在山的另一面了

经过一些河流

进入我家乡西部的山村
要经过一些河流
一些不为人知的河流
宽广、平静　波澜不惊
它们暗绿的水草在阳光下
徒然地挽留着风声
它们沉默
它们像横卧在大地上的袅袅炊烟
把呼唤和眼睛　都带到天边

这些不为人知的河流
这些被村庄　担起来的井
它们农田中的蜿蜒
贯穿了谁的童年谁的一生
它们岸边散布的坟茔
是这村庄　不死的根

一群群放学回家的孩子

通红的小脸　鲜艳了两岸的风景

他们不知道

他们中的一个

在多年以后会成为诗人

此刻　正看着自己

满怀忧伤满怀惆怅

自言自语　喃喃不已

我们牵手走过海边栈桥

我们牵手走过海边栈桥
看不安分的海水如我们的心跳
一遍一遍
用幸福的浪花去击打生活的暗礁

我们牵手走过海边栈桥
我们依山靠海,扎下爱情的营寨
你和我,两颗心成掎角之势
相互策应,易守难攻
我们不唱《空城计》
我们只唱《将相和》
今夜,海上升起的月亮
是我们一生的和氏璧

我们牵手走过海边栈桥
我们家乡的木头在脚下
用地道的连云港话,议论着我们俩

而来自南方的毛竹沉默着
它们在自己的青葱岁月里
没有成为笛子,没有成为箫
它们离乡背井地来到这里
把我们和海隔开
它们老了
它们已不想说些什么
它们只想安静地看看海
看看海边同样安静的你　和我

我们牵手走过海边栈桥
我们在栈桥上留下来的影子
浅浅的,就变成月亮的心事了

那年秋天在蔷薇河畔

这是天空底下最低矮的茅屋
年年岁暮　芦花
都是谁无法忘却的
前世的雪

贫穷、广阔　以及风和沉默
河水是不是在用波纹诉说
穿越了树的影子
它又留下了多少　进入云朵

被月光喂养
被爱情提升
这个时代有多少人不是一无所有
满眼泪光回眸
看流水带不走的旷野
是否　还在我们身后

白　鹭

远远地望去
它们像一些残留在树梢的冰雪
就那么这里一点、那里一点
无助地白着；它们白着
是梨花的白，月白风轻的白
雄鸡一唱天下白的白
也是回忆中一片空白的，白

这是夏天
我在花果山大道上远望一处山坡
我知道那是白鹭。如果近些、再近些
就可以看到它们的旋舞
看到自由自在的白
在用飞翔　提升起沉重的生活

我知道那是白鹭。我知道
如果再近些、近些

这些白，它们一定会飞到我看不到的地方去
就像夏天，再也看不见的
那些树梢上的冰雪

桃花涧

这涧水一直要蓝到天黑以后
天黑以后
我的喜欢会更深刻　也更鲜明

一树树桃花争着抢着
要把红
渗到你的脸上
我不管
我只这样静静地陪在你身边
我知道——
我已经让满山的蜜蜂都要忌妒坏了

这日子一天一天地在变暖
那些莽撞又好奇的青草们
就要把关于你和我的窃窃私语
变成一场诗朗诵了
我不管

只想这涧水恐怕要蓝到天黑以后
天黑以后
怎么样可以向月亮借一片光
一直洒在你的秀发上

桃花涧,看桃花
看每朵桃花都是一个名字
你不说
我也不说

新坝大白菜

> 白菘[①]类羔豚，冒土出熊蟠。
>
> ——苏东坡

我还记得第一次见到你的模样
经霜之后，你的青
和你的白
都有一种倔强
或者说　都有一种决不退让的担当

十二月的阳光闪耀在你脸上
世事，多么艰难
饥饿　像一枚在黑暗中狠狠使劲的铁钉
童年，是又松又软的木板
因了你的到来
甜，成为甜

[①] 白菘，即白菜。

香，成为香

新坝，成为一个又甜又香、又阳光灿烂的地方

多少年过去

那些经过的路和时光

也好像　一层一层的白菜叶了

是的，一层一层

一层一层的白菜叶

最外面的　总是最先受到伤害

最先衰老，最先

消失

比如少年时代的梦想，比如

曾浪迹四方苦苦追寻的所有意义

都越来越少、越来越小

越来越　趋向于虚无——

而那虚无的中心永远端坐着一个香甜的村庄啊

一千年前

苏东坡把它叫作羔羊和熊掌

一千年后

我们，只把它叫作新坝

或者故乡

锦屏汽车站即景

黄昏的雪
在左腿的膝盖里飘落
而右腿的钟声
依旧　是满湖柔波的八月

蝴蝶在野花与低语间飞舞
所有关于春天的记忆
不为蝴蝶所知

那人走远
不被那晚的月亮看见

新坝：白杨为时光闪出一条道路

白杨的路是白杨的
时光的路　也是白杨的

白杨们为什么要给时光闪开道路？
小白杨问

一枚树叶落向去年
一枚树叶落向明年

一枚树叶迎上去
它接住了　在微风中轻轻飘荡的地球

玉带河：渡头余落日

要看落日
当于行旅之中
看火红的大鸟坠向水面
溅起一天晚霞
映红你的脸

那么你远方的娇羞
是我莫名的乡愁
那么你下班路上的飘飘长发
是这个傍晚
城市上空的缕缕炊烟

在玉带河
看落日
看河水怀抱着时间的碎片
那些五彩缤纷的往事
那些温暖的瞬间　或永远

有鱼儿突然跃出水面
在对落日　说些什么

渡船无语
它要渡一天的星光
到谁的眼波里去

连云港抒怀

　　　　　　　　也想面朝大海，春暖花开……
　　　　　　　　　　　　　　——题记

面朝大海
俺只会发呆
春暖花开
又欠下两场酒债

多年以来
总想用天上诗歌写出人间情怀——
眼前是明修栈道的杜甫
心中，是暗度陈仓的李白

可夜深人静之时
却往往
被人间的玉腿
踹出　天堂的床外

临洪口蟋蟀

在秋天的脖子上
蟋蟀，是靠近耳根的
那颗美人痣

六岁的美人痣　真真切切
十六岁的美人痣　隐隐约约
会唱歌的美人痣啊
那些水一样清亮的声音
浣洗月光的夜晚
眼睛和耳朵
谁更明净？

一只蟋蟀
一点跳跃着的　0.5克的黑
灵活的黑。善于隐藏的黑
把故乡整条河流的水
藏到干涸里的黑啊

也把我幼年的乳名和少年的心跳
藏到　哪一滴水里了？

望穿秋水。秋天
正忽隐忽现着美人痣
更长久地凝望
这场景　让多少个年过半百仍一事无成的老男人
停下了奔波生计的脚步
仔细倾听　和暗自神伤……

石棚山：此夜

此夜山高月小
水落、石出
大风吹过往事和细语
青草高出花朵的睡眠

此夜
远方无海　无沙漠
这杯中何时斟满
九百六十万平方公里的
有你的中国？

此夜箫声起　梅花落
此夜铁马冰河
渡金戈　也渡接天的碧荷
此夜
余生，已不多

此夜有流星悄然划破静默
此夜
一人独坐；一人
也独坐

碧霞禅寺

山影黯淡
岁月的根　模糊不清

暮色升起来
暮色的枝条上　结满清凉的钟声

夕阳下　禅寺是一只收拢翅膀的鸟
你展开双臂　放飞几朵闲云

被青草与野花带到山外的寂静
关掉了　尘世的门

花果山的春天

天空的低是天空的
青草的高是青草的
春风寂寞。春风随手扯动山路
山路的弯曲起伏
是山路的

几树桃花的红,其实
是借口。几树梨花的白
也是
它们的意思
天知、地知、蜜蜂知、蝴蝶知

而猴子真实
它困了睡,饿了吃
在喜欢的异性面前攀上攀下
身体力行着
空不易色的道理

苍松善解人意
白云的身世,它
从不提起……

1998年6月2日海州纪事

手捧诗集的少女
在绿荫下阅读
槐花的风
有时抚动她的长发
有时　抚动诗页

远处是流水
它不为人知地流过我们
偶尔抬头
我们看见了天上的淡淡白云

许多年来
我已忽略了太多的瞬间
正如眼前
诗句在一行一行消失
绿荫　在一寸一寸地移去
而秀发与诗页的起落之间

是谁

一步一步　抵近我的内心

是的

诗句一行一行地消失

诗集的最后一面

是空白

而我

是绿荫深处

随便的一片叶子

在春天生长　被流水贯穿

在风中

有着笔在诗稿上发出的那种

沙沙的　声响

在白虎山上遇见一块石头

在白虎山上遇见一块石头
一块平平常常的石头
你也许会停下　会动心
你会想：它是属于山的哪一部分？
脊梁？还是五脏？
或者，仅仅是山的一片指甲？

当你遭遇了山上的一块石头
你不能不停下
你与它对视　对峙
你得做得像一个真正的对手

你也不说话
它也不说话
你想你"人"的事情　它想它
"山"的事情；除非
你是有资格问它一句　除非

你是有勇气
面对它的问话

小苍巷听雨

雨和我过去的经历有关
雨纯洁而孤单

在雨中
怀念一位少女的眼睛如怀念遥远的春天
雨回到多年以前
雨柔软的碰撞
冷却曾经滚烫的语言

雨,是最平静的波澜
雨从眼角流下让心懂得深沉
在生活的表层
雨清纯的光　永远年轻

饱经沧桑的人们　会知道
雨的前世是冰和雪
是冷得让情歌里的红莓花儿

热热烈烈开放的
空白

沿海小城

沿海小城让十二月的天空开阔得多了
古城墙下
比小城年轻多了的老人们
晒着唐、宋、元、明、清的太阳
以一口"过寒菜"味的乡音
让民风纯正　乡俗动人

沿海小城
收割浪花的人脚踏帆影和渔歌
用整个大海　充实生活
他们风尘仆仆的疲倦晾在谁家的门前
一张网　又一张网
在女人的微笑和温暖的炊烟后面
仍要捕捞着什么

沿海小城
崛起的楼群和异国的水手

是季节之外的枝叶

一片片新芽的萌生

一颗颗现实的成熟

依山傍海的传统是一只多么乡土的海螺

听小城静静

千年不变的涛声　震撼谁的心灵

海鸥、汽笛　船和盐粒

比小城更让我们接近大海的

语言和细节

穿越平凡的日子抵达我

伴随着咸腥的海风　涤荡我

沿海小城

生命中的远航多种多样

我将坚守眺望

在麦地边缘

用诗歌喂养人格和理想　喂养

我们一天天长大的海洋

知也不知

石棚山①，我知道
但你，未必知
山下有湖
我名之浣月
你一定不知

一千年前有著名诗人
在山上饮酒，写诗，读书与醉卧
你知不知？

桃树们开花结果
在北宋以北
或南宋以南
而桃树下
有我浑浊的十七岁

---

① 石棚山、浣月湖，均为海州景点，距笔者家直线距离千余米。

燕子们谁也衔不回
你,知也不知?

书生是新书生
君子是旧君子
我的心里长满了仙草
且没有仙鹤守之
试问:那白蛇
知也不知?

云台山采茶调

我愿意是春天的一只舌头
被几只蝴蝶
撩出呢喃　或淡淡的乡愁

一袭蓝布裙绣着三月
它绣出了一整面山坡对那只蜜蜂的相思
也绣出上下飞舞的
纤纤玉指　迢迢往事

春天是姐姐
你是妹妹
我，是那个"小他"

清明前，谷雨前……直到多年以后的从前
那些苦涩，那些甘甜
好像跟你毫不相干

好像跟我
也不相干

在锦屏山顶眺望一朵花开

在锦屏山顶眺望一朵花开
在锦屏山顶,被骀荡的春风
举成一粒飞翔的尘埃
喊你一声,是几枝桃花红
想你一夜,是满坡的梨花白

尘世间走马
草原上看鹰
越是隔山隔水的越是亲近
越是穿不过针眼的骆驼的
那根缰绳,越是牵着洪荒远古的疼

曾向你讨水喝,在一千年以前的春天
那门中的笑脸映照着门外的渴
淹没了千年之间,多少恩爱缠绵
曾看你题诗句,在深秋的夜晚
从上游到下游那身世一样婉转的思念

被经霜的红叶，说得多么浓烈、多么明艳
曾春风得意，马蹄声疾——
谁的一生之中没有过一个长安啊
在一个人的心头金榜题名
在两个人的烛影中，夜夜年年

"将进酒，杯莫停"
好日子是花
且轻嗅，且轻折

洪门果园十四行

做杨柳的，把绿
分些给河水；
做杏花的，把白
分些给粉墙；
做风筝的，把高度
分些给孩子；
做燕子的，把归来
分些给我们……

谁在午夜的花园里陪伴月光
谁在寂静的高山之巅歌唱

东风不止
东风啊
一江春水向东流去
鱼把春意　带到自己的寂静里了

南园新村：今夜的月亮

今夜的月亮圆得不加修饰
她年轻、稚嫩。这今夜的处子
她的明亮和心事也不加修饰
她舒缓地呼吸——
那一树一树桂花的香气
把大地轻轻托起

今夜的月亮
轻轻拍打着今夜的海洋
而今夜的海洋比唐诗里的天涯更加遥远
一曲箫声安睡
燕山的雪花安睡
我站在岁月的岸边
那些远去的身影
是不是，都叫作帆？

今夜的月亮被流云擦拭——

这么多放不下的往事
这么多　停顿和流逝！
今夜的月亮是我们今夜的孩子
在他一夜一夜的注视下
我们最终要一天一天地　悄然老去

今夜的月亮圆得自然
今夜的月亮圆在我们和黑暗之间
圆给　身边的人看

老海州秋日

在汽车喇叭的间隙声里
空出了城市的秋天
加油站为大雁们空出河滩
柿子为阳光空出柔软
五个满脸尘土的民工
为丝丝缕缕的劣质香烟
空出几句　难懂的方言

天是说黑就黑了
月亮下面，野花灿烂

在海州遥想异乡的雪

多年前以此为题在灯下想你
那些嫩绿嫩绿的心事
在雪白雪白的墙壁上摇曳
多年前雪是异乡唯一的风景
整个北方　说着玉和百合颜色的语言

想你的围巾还没有织完
纤细的手指和孤单的日子
温暖毛线之外的春天
这样的场景现在很少看到了
在冬天　一个女孩鬓发间的月光
让所有的青草一夜之间
绿遍江南

这样的场景　现在很少看到
真的　异乡的雪呵
今夜，你飘到了哪个女孩的头上呢

走一些长长的路

走一些长长的路
弯弯的路
也许　我们走得总是不能遥远
也许　最终又回到
出发的地点

家，是易漏的行囊啊
曾被一颗心珍藏的一切
如今　都遗落在何方？

一只鹰
是终于飞翔的峰顶
一片云
是终于轻柔的波纹
离开还是回来
老去　还是重新相爱
我们已经不再是　伸出手

就可以握住风的年纪了

一盏暖暖的小灯
一朵跳动的烛焰
一双纤细的手……
多少人
还在为它们终日奔走
多少人
因为它的失去而泪眼盈盈
这样的情感不需要理由啊
因为卑微　我拥有爱人
因为高尚
我不会失去娘亲

板浦的秋天

被一柄桨轻轻荡开
被一片芦苇　把月光染白
秋天
云彩被流水漂洗得若有若无了
大雁在风中说话
大雁　你遥远的呼唤
温暖了多少孤独的野花啊
在翅膀与箫声间穿行
在白露与伊人之间
张一面　自己的帆
秋天
十七岁的少女曾经就是一艘船啊
她的飘飘长发
放飞了少年心上多少的渔歌

叶子在岁月中枯黄
一些老照片

还在定格谁的年轻
秋天
证券交易所门前人头攒动
其中的一个
曾经举头望明月
而今　他低头
他的影子是那个遥远城市里谁的
漂泊的故乡

海州区幼儿园

阳光打开孩子们的笑脸
阳光的旁边
是高大的树　旋转的木马
以及　挂满裙子的秋千

阳光
在你的面前我老气横秋
是那些美丽的母亲
拯救了我
她们对孩子的亲吻
像一颗颗红润的樱桃
把我从瞬间　拉回春天

阳光下的孩子们
风霜雨雪
即将侵蚀你们的心灵
而你们仍绽开　绽开

在季节与城市之外

孩子们
作为你们的父亲、你们的兄长
作为　曾经的你们
我
要联合这世界上所有的父亲、兄长和孩子
一起歌唱
我们要把阳光唱得哐哐作响
让这个钢铁的世界
到处散发
花香　与奶香

凤凰城午后

让炊烟喃喃地梦出些云朵
让我叙述的语言安静。飘
把我从秋天的枝头摘下
把我看不见的伤口　用落花表达
我该温暖你河岸上的哪一枝芦苇
一支往事的桨
要溅起多少欢笑　和热泪

飘　用静穆与这世界独自相对
翩翩的蝴蝶　是我芬芳的呼吸
用童话以北的雪花
用笛音以南的飞絮
用爱情的白羽　飘
谁是我人世的沧桑中
永恒的音乐

飘。

用思想和情感　贴近
世界的心

有篱笆的地方就是家

有篱笆的地方就是家
这古老乡村的花边
落日的余晖总像是密密的针脚
补缀我　流浪的身影如璎珞

炊烟很遥远
久久的凝望不是深情就不会遥远
树叶们舒展风带不走的飞翔
恍若泥土深处　根的渴望

走得再远也迈不出家的影子
一些朴素的话语
一些真诚的微笑
在风中摇曳着
纷纷围住陌生人的院落
伸进一只手我握住了谁的爱情
伸进另一只手　我在抚摸谁

童年的脸庞

有篱笆的地方
用单纯　构筑的村庄
看云识天气
看花香　抵御世态的炎凉
远行或者归来都是这绿荫的轻移啊
家　也是这错落的枝枝蔓蔓
路　也是这错落的枝枝蔓蔓

翻过你家南墙

翻过篱笆花香
去偷一片月光
这样轻柔的月光让心悬空啊
双眼也明亮

桂花在月光里飘香
月光在你鬓发间飞扬
扔出月光的石头去轻击你的小窗啊
听这古老乡村的心跳
在你的呼吸里芬芳

影子双双　河水漾漾
青草在春天迷失故乡
是谁家燃起了橘红的灯光
让窗花上的鸳鸯　低诉衷肠

翻过你家南墙

跳出你家南墙

在无法逾越的爱情里面是如此自由啊

轻拨你的秀发

我要握住百年前千年前万年前

被你带走了的月光

白虎山下的红叶

为你在梦中的一个回眸
从冬到夏
从春到秋

为你在千年以前的那样一个故事
从河的下游
到河的上游

当一个月光与清霜同样美丽的夜晚到来
任何一片燃烧的落叶
都将
是你

喜鹊呼晴

大雪过后的早上
喜鹊呼晴
这让它脚下的大树显得高远
让树下的孔灏
显得渺小

一停一歇的喜鹊声
除了撒下阳光之外
一定还挟带着什么
落地生根

这么多年
孔灏在大雪里想念过很多人
也愧对过很多人
大雪过后
孔灏真诚的嗓音
很微弱

呼晴的喜鹊
要么你撒下阳光之外还撒下些什么
要么　你比雪更洁白

虎皮井 ①

这样的爱情,现在也许还能看到吧
最初的结合
有点勉强,甚至是
迫于无奈
比如七仙女被抱走了衣服
比如一只母老虎
她的虎皮,被藏进了井里

时间久了
在一起的日子,也好像是两个人的孩子了
两个人的孩子,也好像是在一起的日子了
虎皮井里
有最初的真相和欺骗
有最终的恩情　和不舍

---

① 虎皮井,相传南城有母虎吃人,崔生为救乡亲,趁母虎晚上脱下虎皮化作少女熟睡时,盗走虎皮扔至井中,此井因此得名。后,少女醒来无衣,不得已嫁崔生。

南城多古井

井龄千年以上者

约一千五百眼

虎皮井无异于其他井

它自己

并不知道这崔姓的书生

扔给自己的

是另一种人生

桑田沧海

斗转星移

时光在井里深不见底

凡人的故事，也都个个曲折

一眼井

贯穿天地

暗暗珍藏着

生活

这一张偷不去的虎皮

朐山书院

鸟声抬起的树枝
是书院的一节小手指
书院里的树太多太多了
鸟声抬不过来
何况，千手千眼的
还有我

清风不识字
但是懂得男女有别、长幼有序
在书院的春天面前
我是一个地地道道的不速之客
而野花们应对得体
她们学过《朱子家训》
背过《弟子规》

书院开门，可见处处青山
随便几片云朵

都像是从明代,盖上去的邮戳
实际上
风和落日也像是寄过来的
唯水面上的波纹
是新人

是的那波纹是新人
新人之新,端在与我携手同游者
是故交。是谓"初九,潜龙勿用"
勿用勿用
勿忘在莒
历史上,此地却简称"朐"

侧耳细听
鸟声
依旧带着明代的口音

二营巷

浮生如寄
那钟鼓楼以东的小巷
曾驻二营
驻二营之前或之后
当亦驻三五老兵
驻四七个团
驻八九个军

而我是单兵
单兵无名
有名的是将军
他们在辕门射戟
在城头抚琴
在千里走单骑
在扎千千万万个草人
向天
借东风

停一停吧
山间溪水急
白云慢
锦屏山面有愧色
一生平凡
兀自,心中不甘

二营巷早已没有了二营
一三四五六七八九营
也都没有
此时,此地,此空寂
此间如我者
俱是自以为迟到之人
只能给后来的柳色青青
留下
苍凉的背影

朐阳门

进了朐阳门
就算是进入明代永乐年间了
青石板只认硬道理
小南风有好年华
城墙边的野草闲花
晒秦汉的太阳
编派着朱皇帝　和马大脚的笑话

朐山呈青黛之色
可画眉，亦可
以"无用"为"用"
天远地阔
万象之上的意义
不过都是自己
认真的人研究《礼记》和段玉裁的《说文解字注》
知"朐"字
本作"屈曲的干肉"讲

秦时，置之此处为县名

两千两百多年的时光一晃而已
朐阳门下，那走街串巷的货郎
用针头线脑
把我缝在他曾站立的地方
我也能喊出两声洪亮的吆喝
我也能亲亲热热地叫着大爷大娘
我呀，我还藏着一只精美的玉簪
等着她
那上面的图案有个名目
唤作"丹凤朝阳"

片云出岫，铁树开花
此不干朐山事
亦不干朐阳门事
即青石板只认硬道理
小南风有好年华
那古城墙上枯藤如幕
是岁月的标本，或
某只白狐的本来面目

朐园旧长椅

和秋天对话是困难的
落叶堆积
踏窸窸窣窣的往昔而过
转身　坐下
少年时的体温
犹自烫人

真的已绝少迈进这个公园
甚至绝少
提起　或想起
阳光下的一朵花使我接近一个女孩的红唇
可很快多云转阴　终降大雨
爱情也谢了

旧长椅
你的颜色
也是她裙子的颜色

那种春风里的江南的颜色啊
渐被明月的呼唤漂白

蝴蝶依旧飞来
有门　不叩自开
谁把初恋作为一棵树呢
劈开、刨制　涂上我们故事的漆
你看苏北地区一个沿海小城的普通公园里
一条暗绿色长椅
历经风雨　多么幸福多么孤寂

旷　野

野旷天低！低，再低

再再低

这就低成孤独了

低成孤独

未必不是一种境界

你看：

内心的风云

挥洒到天上变幻去！

眼前的青草

退回到十八岁那年翠绿去

你看这亘古的寂静怀抱着多少电闪雷鸣

你看那只老狼年轻时的仰天长啸

是否让苍茫大地

听到了岁月遥远的回音

那么多渐行渐远的背影啊

那么多的坚守,那么多的宿命

在这个做一粒尘土更能永恒的旷野里
曾经有大群恐龙
他们,尝试着向蚂蚁学习
活下去的勇气……

风　景

在天地间行走的那个人
特别渺小。如果你不去注意
如果，你只是想看看风景就走
那么你不要看他就好了

多么好的山林水田啊！
多么好的微风、阳光
这空气中有着她名字的淡淡香味呢
在天地间行走的那个人
从大汗淋漓中走来
就是面对面地遇上了
我们也只看到　他的悠闲惬意就好了

山是高山、树是大树、土是厚土！
清清水田
只给那个人一点点的影子
那个人太渺小了

在那么大的水田里
他的影子模模糊糊，若有若无

那个人！真的可以省略的
如同风景
从来，都是用来经过的

小于醉

小于醉，大于微醺
此时市声消隐
此时桂花呼吸平静
此时，一生的错误是那根
落地的针

整座城市的阳光若无其事！
为了你的到来　整座城市的
阳光们相互鼓励着
它们说到黯淡
它们说到流逝

这世界如此神秘
我莫名的感动，是夕阳的余晖里
那些柔曼的柳枝
对于自己倒影的
一次着迷

两滴雨

它们在玻璃上追逐
日子像千姿百态的奔跑
流畅　而透明
两个世界之间
注定会有一些风景成为距离
会有一些距离　成为风景

它们偶尔融合，生死相许
它们突然分开，海角天涯
用自己的身体　延伸道路
用自己的道路　延伸身体
那些痕迹或浅或深
一遍一遍地提醒着后来者：
关于爱、关于恨
关于前世　和今生……

两滴雨水，两百滴雨水，两万滴雨水

或两万万滴雨水，或更多
它们
是一滴雨水

青龙山

那一年
你弯曲的身影让秋天显得低矮
那一年　你摔伤的手臂
让我的回忆和一场雨都断断续续
那一年我的儿子还不懂事
像一片叶子
它不知道一棵大树已到了冬季

奶奶　现在我每天从南往北
穿越一个城市。现在我每天从南往北
也穿越时间　穿越生活
穿越青龙山方向
你注视过来的目光
现在　你已经安顿下来了
现在　我在这尘世上的忙碌
有多少　是让你感到欣慰的？

春天花开　夏天雨来
一切都像以前一样
只是　没有人可以让我像以前一样
叫一声"奶奶"
没有人扶着我的肩　夸我
是一根善解人意的拐杖
没有人！是的
没有人可以再打开那扇
已经被岁月　关闭了的窗

这个世界
有着太多的改变　有着太多
措手不及的相聚和别离
奶奶　我的一身泥土是干净的
我的一窗明月是干净的
当我听到：赣榆、沙河——
我高血脂的血液也是干净的
奶奶　专程来看你
我站在干干净净的阳光里
卑微　但不羞愧

一身干净的泥土去见奶奶

一阵风吹过
我看见奶奶坟前的一株草
晃了晃。整座青龙山
晃了晃

双龙街

街角的绿荫轻抚着那些脚印
蝉鸣声断断续续
谁的十八岁,在回忆里不停地变换背景
只那件碎花的裙子一个劲地艳
一直艳到
云飞浪卷的蔚蓝里

有人在楼下的冷饮店唱情歌
有人在索马里正端枪瞄准
世界的"热"和"闹"
离我多么远啊
此刻,我只和自己坐在一起

这正午寂静
这正午的寂静是一把刀
它的寒意

是你离开我的那一天
冰冷的眼神

山风无用

山风无用,白云无用
满眼的寥廓
可捐给那挑水的僧人
也算些许功德

如果真的被松针爱过一次
不妨在秋天的早上
到海边看日出
或者　到一棵枫树下沉默

那被两岸青草记住的
必然被河水遗忘;必然
在下游的鹅卵石上
重现光芒

他日有缘重逢
当于花间置酒,对酌

当轻呼明月为弟,称我
为兄

岗嘴村

暮色四合的时候
我正在一个遥远的山村
看黄昏
在涧水上漂流

远远近近的犬吠如灯
一盏一盏地点亮
整个夜晚的宁静

明明在沙漠中
为什么
突然又站在海岸上

时有万木葱茏
时有寸草不生
暮色四合的时候
世界，是一场梦

旸谷朝霞[①]

清人王良士说：

"东磊面东为谷，四时旭日所照，奇峰怪壑，异草仙花，必羲和所居之旸谷也。"

孔灏觉得

于此旭日初升之地观朝霞

正如新娘子对镜

看头上的花

或，如画中的牧童

指点那处杏花村

皆平常事

家常语

"在所有的弹指刹那之间从自己出发

我是自己的出处和前路

我是把握不住的流逝　和实实在在的当下"

---

① 旸谷朝霞，老海州朐阳八景之一，指朝阳升起在山谷中，朝霞满天的壮丽景象。

太阳来了

它带来时间　带来诺言、悔意、梦想和不甘

带来我们的少年、中年、老年

最后

它还带来了永远

如是我见

如是，我无言

旸谷朝霞之美

美在"奇峰怪壑，异草仙花"

我于旸谷之中举目四望

不知道

一棵狗尾巴草

正在风中　轻轻摇晃

疏楼夜月①

我一直想和苏东坡打个赌
以那景疏楼上的明月
做赌注——
再不起眼的猴子
也会有"齐天大圣"的心思
所以
请原谅我　请原谅我的深情
总是被看作愚蠢　和无知

南对崖阴积雪
东邻石室春风
西眺虎峰夕照
向北方，那蒙山和羽山正在丰收的老海州大地上
为人间吟唱　为秋天壮行

---

① 疏楼夜月，老海州朐阳八景之一，指老海州景疏楼月明之夜的美景。

而此楼
此月
此苏子
与岁月何干
与天下何干
与此在　或
此不在何干
又
与我何干

但我确曾与苏东坡打过赌
因为一首诗
我输掉了　那景疏楼上的明月
我输掉了在老海州
所有　面对自己的夜晚

蒙羽秋成 ①

这是丰收的日子

这是金黄的日子

流过的汗,受过的苦

都在这样的日子里烟消云散了

生活啊

永远是坚持,坚持,再坚持

烧香河越流越远

信仰和幸福

终于因为你的坚持

全都有了　理想的样子

蒙山发脉于泰山

羽山以山中珍鸟的羽毛美丽而得名

水有源

---

① 蒙羽秋成,老海州朐阳八景之一,指海州西郊秋天丰收的田园景象。蒙羽,即山东的蒙山、东海的羽山。

树有根

工科都给事中① 林廷玉

因打抱不平论议朝政获贬海州通判

诗定朐阳八景

天下啊

太多的面对

总是无法转身

"解开你红肚带

撒一床雪花白"

我们和时间都是擦肩而过的陌生人

稻花香里

说蛙声,也说永恒

秋成

"履霜坚冰至"

夜夜　望春风

---

① 工科都给事中,官名,明清工科之主官。

西墅晚霞

人生中会经历这样的晚霞
人生中
会有剪影
在我们的世界之外款款深情

我曾想过要为你做很多事情
曾想过
让你幸福
让你不后悔在今生　遇见我

可是
可是花开，或不开
不仅仅是春天就说了算的

可是
可是你爱或不爱

也
不仅仅是美丽就说了算的

海天一色

白浪铺开的道路
可以通到天上
白云铺开的道路
可以通到海洋

漫游者!
我想要念诵你的名字
从此可以通到你的家乡

转山转水
也转内心一个小小的秘密
海天一色的地方
若能看到你眼波的流转——

所谓的瞬间
何尝不也是永远?

古观竹林

那个人走得多么远啊
她笛声一样的背影
在竹林深处
会更加清亮、更加温婉吗

想她
相当于牵一匹骆驼过针眼
相当于托付流水
去提醒海洋　关于明月的誓言

什么样的艰难
是比思念还要重大的事件啊

若我迎面而来
是低首侧立于路边
还是，微笑着问她：
好久不见？

天门奇峰

在喧嚣的尘世上坚持险峻
坚持以狭隘
隐藏辽阔的胸襟
那小鲁小天下的人极少回头
从这里望过去
生活,就是一山又一山
无休无止地攀登

我想试着用慢
代替风的喘息
我想试着用停顿
代替春天的前行
我想试着用奇峰上的那根藤蔓
代替纷繁的思绪
我想试着用沉默
代替恍若隔世的鸟鸣

然后
身体很重
山峰很轻

石室春风 ①

现在，你还守在这里
守着一千年以前的春风
现在，石室也守在这里
守着一千年以前的书声

呀——
那山上山下的桃花都在说些什么话啊
是不是说那谁谁
有着繁星点点的聪明
是不是说那谁谁
有着明月皎皎的傻

一个读书人
让自己读书的地方成为风景

---

① 石室春风，老海州朐阳八景之一，指石棚山石曼卿读书处的石棚，春光明媚，春风浩荡。

他得把最美的年华

绽放成多少浪漫诗篇里的桃花啊

云龙飞瀑

走了那么长的路
是为了全心全意地奔向你
经历了那么多风霜雨雪的轮回
是为了全心全意地奔向你

奔向你
舍弃湖泊的安稳生活
舍弃海洋的激荡辽阔
舍弃高处的虚荣
舍弃一隅的偏执
奔向你
我已经全心全意地奔向你了啊

但请你
拥抱我时
为我三思,再三思
三思我这一切种种

值

还是不值?

千古石棺

对于平凡的生活而言
死亡是盛大的

有时候
在窗内向外看
也会慨叹世界虽然美好
却易变,却短暂

当我们于现世回首遥远的前生
若还能看见那些狭窄的空间
仍在等待着
等待着,安放似曾相识的灵魂
我知道——

这里
也曾有过万丈红尘

长堤环海

那些溅玉飞珠的日子
会渐渐地安静下来
如一块石头默默守望
如一朵浪花相思成海

或者
对一只温暖的臂膀而言
天涯
也不过是鬓边的野花

或者
对一湾清浅的梦幻而言
誓言
也不过是午夜的灯盏

而真正的浩瀚从来都是有边际的
当我们环抱一片海

或者

也不过是在眺望另一个世界……

海州曹巷

两朵烛焰被风抬走
两片云　两根树枝
两只相互扶持的手
两件心事

深夜里
两朵烛焰被风抬走
两个人说话
用距离　也用抵达

光明是明亮的黑暗
黑暗是暗淡的光明
两朵烛焰被风抬走
两朵烛焰　松开手
给风自由

与你同行

爱，就是一种飞翔

迎着时光

我们抛弃黑暗所承受的重量

其实　来自翅膀

出门前告诉娘上哪儿去

出门前告诉娘上哪儿去
人长大了
习惯　也长得瓷实

水路旱路　归期和行程
娘这一生没出过远门
儿子走过的路
都在她掐来算去　日渐枯瘦的手指上

"外面的世界很精彩
外面的世界很无奈"
娘听这歌没什么感觉
她只用针一样的心肠线一样的目光
让我能够走得远远
让我总能平安归来

走那些陌生的道路

如穿娘新做的衣裳
扶着娘的目光回家
娘啊
我看得见
比雁阵更高的秋天

此后的日子

每到冬天
都围上同一条围巾
那条米汤色的围巾
很温暖也很柔软
就感到你的手又环住了我
也环住了那些　过去的时间

就走到枯树下站站
看看树
也让树看看我
然后一言不发地走开
留下风吹起头发的背影
看起来　比树茂盛

显然
我还能够避开落叶
等一场雪

雪落在围巾上转眼就融化了
它们使我冰凉
我使它们　温暖如泪滴

春天的时候
去掉围巾　剃个新头

云雾茶

茶水碧绿。坡上的暖风
在杯沿　徐徐而至
又徐徐而去……
一只茶杯
带来一条河对茶香的穿越
带来春天的午后
滚烫、浓酽的　片刻沉默

被舌尖抵在上腭的岁月
渐渐地　由苦涩
转为甘甜。生活总是有它自己的逻辑
多年前，你远离
多年以后　你看见自己
还站在原地

坡上的暖风　在杯沿
徐徐而至。又转瞬即逝！

采茶的歌声从鸟翅与阳光的缝隙中滑落
大大方方的茶树们
又端庄　又漂亮

不做大哥很久了
不做茶树的大哥
很久了。在滚烫、浓酽的
春日午后
一杯热茶面对电脑
茶叶们　沉也惬意浮也惬意
看一棵茶树在水深火热里
把惬意浮沉的日子　过到底

小苍巷桐花

是桐花把箫声留下
淡紫的唇吻
轻诉洁白的心事　和生涯

月光溢出桐花的杯盏
月光　被吹箫人忽略
佳人有约
而佳人有约岂只在一个夜晚
回首一生
等你的人会在　每个瞬间

等你的人　最终
被桐花遗忘
桐花啊
是因了你的微笑而行色匆匆吗
当你沉默　当你衰老
再听听桐花

听听它们紫色的箫声
比起月光　是多么年轻

洪门果园

果香是我梦的一部分
另一部分
是孩子的脸庞

被省略的绽放
被省略的时光
以及　被省略的重量
果香与孩子重新回到枝上
梦坠落

果香
沉湎于蜜蜂的飞翔
任艰辛的行程
被蜜隐藏

千里万里　暮色
与苍茫　果香

迷路的人感觉到你

随手一指

都是 春天和故乡

玉带河蛙鸣

最初的声音来自童年
再听听　来自百叶窗后面的月光
来自月光照耀下的遥远的水塘
来自细碎的涟漪
来自不起眼的水草
嘘——
来自寂静

一本唐诗　一本宋词
像两只耳朵
在听

接下来该听到稻花的香了
该听到身边的姐姐
胭脂的香
接下来
我　已浑身湿透

夏天　城市的夜晚

许许多多写诗的蝌蚪

游来游去

它们要寻找被人叫作月亮的那只青蛙

它们　想听听这失语多年的父亲

说话

桃花涧桃花

桃花涧桃花是春天的一只灯盏
如果再加上你
我们,就构成了恰到好处的暗

两个人的午夜原来可以如此明艳!
如果再加上前世　加上来生
这世界上,还会不会有紧闭的嘴唇?

或者,远去的白云不会这样提问
当桃花遇见桃花　当他遇见她
春天永远是近在咫尺的天涯

是多么灿烂的一次出神或者凝望啊……
迎着冰雪,谁的呼吸有着春风的温暖
谁一生的坚持,就不会被季节改变

桃花是那几个字说不出口时

写在脸上的红。如果，如果再加上擦肩而过那些流水一样的日子，就都是安安静静的了

海州骊歌

唱歌的人在歌声之外
折柳的人在杨柳之外

我有一根哨棒
不打虎
也不打狗撵鸡
我只拿着

我有两坛好酒
不待客
也不自斟自饮
我只藏着

你送我那天
你我在离别之外
而道路
在你我之外

云水湾观荷

不是风
不是风让整湖的荷花轻轻摇曳
那蜻蜓也无心
它轻盈的翅膀像六月的阳光
安静、透明

柳荫下的草,漠然地绿着
仿佛从此以后再不会相见
而鱼的牵挂
在莲叶之东
又之西
又之南
又之北……
又或许鱼的牵挂
只在鱼的心中

又或许,某年某月某日

有人于夜半突然醒来
若发现有诗句遗落在枕边
请别惊讶——
那是我曾在某世轮回
对着一湖荷花
想象你的影子

整个春天

整个春天
我没有给你写下一个字
没有看你的相片
也没有穿那件蓝色的风衣
远远地　守在你的窗前

就是这样
草儿还是一夜之间就绿了
桃花和李花
争着绽放

五六只燕子
刚刚捎来半个江南
那柔曼的柳絮就漫天飞舞
像中年以后的日子
有缓慢的仓促
有更清晰的模糊

——整个春天!

整个春天,我
没有为你写下一个字
看光阴
如一块橡皮中的浪子
怀抱着就要用旧了的白纸
混迹人间　无所事事

在连云港海边眺望

这些年我已经习惯了在海边眺望
西湾里没风,东山上有月亮
这些年
白雪没有一次真正覆盖过海洋
像我的心思
在坚硬的生活面前　总是柔软地
近乎无望

这些年我看过你哭
看过你笑
我不知道哪一个你
会让我更加感觉到自己的衰老
这些年,我把想象放飞成风筝
飞得又高又远的那一只一定是你的快乐
那么它在大风中片刻的摇晃
该是你忽然的迟疑　和淡淡忧伤

人生短暂

不敢轻易动用"永恒"这样的词语

不敢轻易地对这世界说"不"

在海边眺望

所有念念不忘的

我都批准它们更加辽阔

你看

那和海风比赛思念的人

他的心中　必然会多出一个祖国

这些年，我还慢慢地习惯了沉默

是啊

在日夜喧响的海洋面前

一个人的远方

是多么模糊又多么安静啊

在海边眺望

不为你的归来

只为我知道

那个下午　和那个下午的你

都在

海州玉带河

玉带河穿海州老城而过
河边有夜晚若干
专属于我

或者，也可以说
有我若干
专属于玉带河

少年时的星斗，大过沉默
河上小船小
但是航迹足够曲折

远去之人再无从联系了
大地西高东低
所有的一江春水向东流
都是无法更改的不得已

伫立者远眺出秋意
蝴蝶重复着野花的逃离
玉带河水微凉
陷落在这里的天空
暗自神伤

玉带河穿海州老城而过
河面浪花朵朵
打湿今日之太平洋

海州乘槎亭

以竹木为筏
可顺银河至天上
亦可从王命，羽檄星驰赴庙堂

竹在山间
木在屋前
书生在念：君子终日乾乾……
其时天上过去一群大雁
其时一册竹简中
亮起几道闪电

山阴道上
有人以风景兜售万古愁
有人以美酒　兑换时间
黄枇杷，红杨梅
"茴香豆的茴字有四种写法"
有人一生下来

注定，要浪迹天涯

那一年苏门四学士张耒来海州
在乘槎亭里，心情激荡
他自问：蓬莱方丈知何处？
他自答：烟浪参差在夕阳——
他当然明白：提问的意义
在于无解

如是我闻：
闻那乘槎而去之人
为海州
停住了　千载悠悠的白云

南城凌霄花

是向天上开的花
是往心里说的话
是邮寄给你家的月亮
是遗失在青春的天涯

南朝的《子夜歌》还轻唱在子夜
一座古城在露珠中
滚动着月落日升
夏天很快就过去了——
夏天,走得可真着急啊
美好的日子如花期
不管万物终将飘零
凡绽放时,必努力
退场的时候
且让人,来不及叹息

檐下避雨

门前问路

当年的深绿与轻红

皆是好颜色

青石板上的背影,留不下脚印

但是西窗有烛

烛边有琴,琴上弦作三两声

就有归期　和风雨兼程

凌霄花,亦可入药

可行血去瘀、凉血祛风

如是

凌霄花遍植南城

如是南城,如是为岁月确诊

亦如是,妙手回春

匡衡井

那眼井孤悬于浩渺的宇宙
于银河系某处，于地球
于海州，南城
所有向下的努力都指向根
每一眼井
都是自己的源，自己的本

从井面到井口
是一只桶的一瞬
从井口到井面
却可能，沉沦一个人的一生

井水复制了白云的片刻停顿
天空在井水中，感受沉
感受稳
感受永恒之于时间和空间之外
之近于虚无，或透明

光从隔壁来,亦从井口来,从
另一个星球,来
井面接天光
那也仿佛是另一个房间的明亮
光照亮了一本书的字里行间
照亮这书生的庙堂
欲匡济天下者,身处璀璨银河
亦不择光之强弱
生命之短长

春天,还在路上
夏天,还在路上
秋天,还在路上
冬天,还在路上
一眼井,守在家乡
是深深的牵挂
在路上

锦屏山游记

日日是好日——
风往南吹
水向东流
三只无忧无虑的兔子
在玩拔萝卜的游戏

青石上有醉卧者
阡陌间
拖着鼻涕的两小儿还在辩日
而夫子不知所去

有时顺着你的手指望
月亮都是有香味的
何况风轻云淡
何况画帘半卷

但有时我只呆坐

不想今夕何夕
甚至不想人间的事情

是故莺飞草长
日日都有美丽的新娘

南大山

白马在南大山的坡下吃草
山坡上　一群羊和一片阳光
在辨析《金刚经》

时为公元 2009 年 6 月 23 日
政通人和　天气晴好
抬眼看
南大山比庙堂高
比江湖远
比乡村女教师的辫子
更多些柔婉

几亩油菜花嗓子清亮
它们不管不顾一掷千金
只为追上　垭口那只神情酷酷的雄鹰
涧水幽蓝、无语
它们默默地坚守着与积雪的约定

南大山在
它们不在——
这世界如此公平
每一个人　都有自己要攀登的峰顶

南大山没有方向感
他只负责屹立
南大山　他不管春水向东
他不管落日西斜
如果你回头
南大山在北

民主路之夜

这个夜晚之后明月不再
鱼跃出水面
它为谁提前送来
那些遥远岁月之后的情书?

我是一个盼望天下所有的筵席
永远　都不散的人
却没有海量——
我饮清风已是微醺
至于长谈
更加沉醉不醒

或许一杯咖啡的苦才是生活真正的滋味
或许,二十九楼上的电梯间里
似曾相识的一笑
才是故乡的果园中
那一树少年的苹果花

可是
可是此去已然经年啊
此去
已然良辰　已然美景
已然有老树枯藤
傍古道，在夕阳下
絮絮地闲话着　那谁的风情

老海州三日

这么快!
好像有人偷偷地代替我们度过三天的好时光
好像纸上的月亮　一寸一寸遮住了你的脸庞
好像南风　在轻寒中褪去油菜花娇羞的模样
好像你没有来过　只是细雨打湿的春梦一场

云舒云卷之间消散了多少世事啊……

这么快!
太阳是一枚闲章
在山水迢迢的画图上
印下些轻狂
印下些惆怅

月牙岛

只一眼
那似曾相识的人已越走越远

红尘万丈
我总是不能像一树桃花那样笑得坦然
我心跳的节奏
总是比光阴的流逝
要慢

在这样美好的春天里
赞美一定是多余的
要简洁
就只说"喜欢"

就对白帆说"愿意"
然后,看遥远的天际
那沧海桑田的记忆

不过是见到

或离开你

年少轻狂

一生中，虽不靠谱也不后悔之事有三：

以一窗灯火　与整个旷野比辽阔

以两杯酒　逼迫远山交出沉默

至于三句小诗

也许，真的抵不上三句贴心的话吧

我却执拗地坚持着

坚持着

直到似曾相识的那人

已越走越远

海州蝴蝶辞

蝴蝶太美了,所以飞不过沧海
好姑娘太多,我爱不过来

那个在清凉的山风里眺望南方的人
她的秀发飘舞
让多少前尘旧影,少了梦幻的感觉啊

也曾于花间置一壶酒
也曾于暮春细雨中
看燕子双双故地重游……
蝴蝶太美了

入秋之后
那远山已淡如一朵云彩
其实你发呆,或蝴蝶发呆
也无关那人
回来,或不回来

在灯下翻看旧时的车票

在灯下翻看旧时的车票
看一条条折叠起来的道路
再不能返回
再不能返回啊!
那多年以前的夜晚
那多年以前的心跳

我还站在那场微雨中等你
微弱的路灯光线　也还像雨丝
斜飞着
打湿一个人的焦虑　和故事
如果有一把伞真的可以遮住天空
那么太阳和月亮　一定
也都是你亲手制造和安装的

我还站在那场微雨中等你
整个连云港市的春天

都是迷蒙　和湿漉漉的

我看表

时间永远是秒针的一次停顿

我跺脚

地球缓缓转动　像谁的心事飘忽不定

在灯下翻看旧时的车票

看你下车，走来

走到一张纸上

走到一首诗里——

这已经是公元 2010 年以后的事了

在二十世纪的那场微雨中

你我不曾说起

你我　早被那条道路忘记……

大圣湖

在如此碧绿的湖水面前不可以有梦
与湖水相比
梦太浅了
那朵野花　一定会滑落在她的鬓边
在如此碧绿的湖水面前
也不可以相思
有多少安静的时光
需要一颗闲云野鹤的心啊

让蝴蝶飞到林子后面
让蜜蜂迷失在草叶间
她不来
岸边的芦苇都不可以成双结对——
天地辽阔
一只野鸭飞起
给满湖的野鸭留下了秋天的孤单
和疲惫

还不可以被湖面照见前世
还不可以对掉队的蚂蚁
编自己的故事
在如此碧绿的湖水面前
日子清澈　她透明
还不可以想起
还不可以忘记

在如此碧绿的湖水面前
还不可以转身
那满湖的星星喧嚣着
就要把你
已经被月光用旧了的秘密
说出来了

问海州

提前一千年出生的那个人
他现在哪里
推迟一千年出生的那个人
他现在哪里
夜深人静的时候
偶尔　我也会迷茫——
在今生经过这世间的自己
来自哪里？还要去哪里？

如果不能不提到那场雨
又何妨？顺便提提伞的事
如果不能不提到那面幡
又何妨？顺便提提风的事

可更多的时候
是一弯新月久已如钩
却无人，独上西楼

那打马如飞风雨兼程的人
还在路上吧

谁的窗下,梅花开了
隔船相问
江水悠悠

安静之诗

有微风吹过的树林才叫树林
有清泉洗过的星星才叫星星

往事是啤酒
喝不喝,是远山的自由
我想在这个夜晚用完一生的月光
陪不陪,你都是邻家的那树花香

有两个人走过的草地才是草地
有卑微和一点点的妒忌
才是贝壳,对大海辽阔的情意

南方的雨还在下
蘑菇撑起的晴空里
有那谁的笑脸碧蓝如洗
也如你……

水边的日子

在水边的日子她天天给你写信
没什么重要的事情
无非是讲讲消融的冰雪啊，畅游的蝌蚪啊
还有河岸上垂柳苗条的腰身
阳光下蜻蜓恋爱的样子……
在水边的日子
古老、平静

仅仅有一次吧，是的
就一次！
她，像是淡淡地说起
那藕花深处若有若无的
采莲的歌声

——然后是日子继续一天一天地过去
再然后，她也继续

在水边的日子她天天给你写信
而且，真的
真的没有什么重要的事情

桃花必须要开

即使蝴蝶还翻飞在想象里
即使春光　还远隔了七个省的距离
桃花必须要开！
必须要开啊　桃花要开
桃花必须　要给消融的冰雪一个交代

就像青涩的年龄
突然绽放成脸上的两朵红晕
就像她在渡口招手再见
那整个黄昏的夕阳都脉脉含情
就像碧绿的河水永远也留不住安静的倒影
就像桃花要开——
桃花必须要开到
让初恋的女友　隐姓埋名

桃花要开，必须要开
桃花必须开成桃花

桃花一闪
那些从唐朝就开始口渴的书生中间
必须还要走出一个
名叫孔灏的少年……

到海边，去想一个人

到海边，去想一个人
想一块礁石在千朵万朵浪花里的沉默
想她的眼睛
有栀子花的芳香
和月光下　海的声音

我已经有多久没有轮回到此生？
好像这一次我来
也只是
为了与一个人相逢
众生之中
我就是那个不愿意再去追逐来世的人啊
此生，我仅执此小情怀
又何尝
不是超脱这尘世的大自在？

是春天的风吧

你吹啊，吹啊

你能让一个人的思念

像东海一样地辽阔

又泪滴一样地浓缩

一直环绕在她的身边

同时，又珍藏在她的心间吧……

在千里之外

在千里之外
和大海比相思
和一个醉后不知所云的人
比无赖——
我得有多么荡漾才可以融化那粒糖
我得舍弃多少双鞋
才可以光着脚　无礼地盯着优雅的月亮

不过是一个放牛的孩子
去拿了那堆锦绣的衣裳
不过是两朵孤单的白云
把巨大的甜蜜　都交给了同一面山坡上的时光

花不开
蜜蜂是无所事事的兵工厂
你不来
春天只在二十年后漂亮

夜这样深

你那么好

不敢出门

不敢骄傲

千里之外

我且祝祷

且不问那美丽的观音

笑，还是笑了又笑

在海州和你看雪

在海州和你看雪的那个早晨
已经过去很多年了
"多么耀眼的时间啊……"
我说
然后,时间真的像是那场铺天盖地的雪
燃烧着,不留下一点痕迹

在海州和你看雪的那个早晨
阳光灿烂,尘世干净
我们的脚印弯弯,且深深——
我们已经有太长的时间
不再回头看走过的路了
你在遥远的南方小镇
会不会,偶尔也想到一些年少时的事情
当椰树低语
当海风阵阵

在海州，每个冬天
我总是不能够随心所愿地
为你带来些许温暖
除了那个看雪的早晨
那一刻
我指着远山，对你说：
如果不忘记
这，就是永恒……

蔷薇河上的月亮

要把月亮当成一粒种子
它悬在天上
等着有爱的人
用心去埋藏

如果整个江苏省都沦陷在往事里面
那么我还能不能全身而退
带着一脚的泥泞
回到安静的夜晚
以倾诉，对抗一个村庄的孤单

蔷薇河送走的远方多么辽阔啊
但是你的迷恋狭窄
它只容许一个人　侧身而过
那个春天的沙发上
花朵交出呼吸　树影留下斑驳
你的月亮有淡淡清香

它那么美好,美好得
令人忧伤

蔷薇河上的月亮,也是你的月亮
你的月亮只能是你的月亮
在前世,在来生
我不会打马过江南
也不会骑驴入蜀道
我只会痴痴地看
痴痴地
被一枚月亮
偷笑着老……

刘备试剑石

把日子过成织席贩履
还是钟鸣鼎食
这,是个问题
更成问题的是:
明明是经天纬地的万世功业
落到了实处
也往往表面看下来,只是些穿衣吃饭之琐事

乱世多乱云
皇叔的名号,是八竿子也够不上的王气
但是人有理想
就知道将军的大腿上有肥肉可耻
就敢于为天下苍生狂妄
也敢于,在需要的场合
于雷声隆隆之中
被吓得把手中的筷子勺子
扔掉于地

石棚山上有万花岩

似从山崖上露出万千笑脸

笑迎这兵败至此的佳婿

中国民间，向来有这般好情意：

果然两耳垂肩　果然双手过膝

两耳大，能听得清百姓疾苦

双手长，能托得起太平盛世

皇叔，且近前

且请试剑——

果然啊果然

心中总为苍生计

天天都是春水初生

都有春林初盛

老海州石棚山，有刘备试剑石

好块石头！它至今

等在那里

不论何时，不论何地

不论你春风得意

不论你末路穷途

只待你看清自己、振奋自己

即可人剑合一
东山再起

再从头
劈开一个新天新地

石曼卿读书处

有，有字书
有，无字书
有，人生识字糊涂始
有，仓颉造字鬼夜哭
芙蓉仙人石曼卿呵
卿
敢问：卿在这里
读的　倒是哪部书？

春风浩荡，大野苍茫
蒸腾的云气后面
依稀可见　赵家的庙堂
殊不类此地呵！
此地
恰石壁斜出，春随人住。此地
遮风雨，避骄阳。此地
酒后浅浅一梦

醒来，触目之处尽是朗朗星光

顺带着
卿
就把桃核读成了山下的郁郁桃林
就把风骨，读成了天上的皎皎明月
就把石棚山读成了从头再来也无怨无悔的坚持
就把"通判"这种干部的职业年薪
读成了满衣花香　和满山的鸟鸣

在石曼卿读书处
看到过一本孔灏的诗集《老海州》
卿
咱也不敢说
咱也不敢问
也不知，这书是被人随手扔掉的
还是，有人专程来
供在了这里

淮海锣鼓

铜里的江山,有一副亮嗓子
鼓是不善言辞者
淮海大地
皇帝是皇帝
公子是公子
小姐是小姐
关羽是关羽
泥土中长出来的多是忠臣孝子
戏台上
奸佞与小人,正在高处拿腔作势

绕过一树梅花
醒来两场春梦
女怕《思凡》
男怕《夜奔》
急急风的锣声喝不住刀兵
山路弯弯,弯弯

弯了又弯
那赶考的书生
负了白狐的约定

有意无意那落下的手绢
有情无情那离去时的秋波一转
有心无心，那敲锣的少年生动着眉眼
几块被时光追赶的铜
陷在既定的剧情里
趋近于软
趋近于　虚幻

雷雨季
我常常想象
那南天门上的锣鼓声里
是哪位入了戏的演员
泪水涟涟？

海州古安梨

古安梨之"安"字
别有一解:
亦说,当为"庵"
如是则古安梨者
古庵出也

走七里地
过几树梅花,再踏两场深雪
遇犬吠数十声
经清溪接引
竹林掩映
红墙黄瓦之下
有古庵之梨
风姿绰约,极似
某年某月之她

其时也,距宝玉来借梅花

不过数旬

距桓子野奏梅花曲

不过数日

其时距梨树结果不过数弹指

其时某年某月之她

白衣飘飘

如仙子，亦如未来那些

想象中的美好故事

皆可期

又据说古安梨源自鸭梨

以鸭为梨名

是以众生平等，原不论有情无情

如是，梨有佛性

自知人心

海州古安梨

唯海州所有

皮薄如年少之我

汁多，亦如我年少不更之事

是以"天下皆知美之为美"

亦知海州古安梨

之为海州
之为古安梨

老海州凉粉

做绿豆粉,和绿豆肌肤相亲
做豌豆粉,和豌豆厮磨耳鬓
做山芋粉,和山芋心心相印……
萃取阳光、水,春天的鸟鸣、夏天的绿荫
添加耐心、手艺、传承
民以食为天
老海州的凉粉
以一半的韧劲,一半的透明
演绎面对食品时
应有的清醒和深沉

让生活的滋味
有刘顶那样的高度
有板浦那样的润泽
有二道街那样的烟火气
让凉粉摊上的吆喝成为生活的赞美诗
"万物各得其和以生"

"君子素其位而行"
远山啊
河流啊
油盐酱醋和辣椒大蒜
可再造天地的味蕾
可忽略苦难　与悲欢

上得餐桌，下得油锅
前世今生都只为完成一件事——
交给你
最终　才能成为自己

老海州凉粉
这下饭又下酒的一盆
蓝天白云
或，前世今生

白虎山建党亭

春风疾走,流水嚣张
岩石有兼济天下的理想
青草有暗伤。三人行
行于 1928 年之白虎山
山上虎啸龙吟
细听　却又似无声
又似此九十三年之后的日子
一切,都云淡风轻

把脑袋别在裤腰带上革命
让理想和信念
在一块岩石中发芽
记住这三个名字——
李超时,宋绮云,惠浴宇
记住这个组织的全称——
中共东海特别支部
星星之火,可以燎原

我们的景仰与怀念
现在,"有亭翼然"

白虎山不高
其上青石磊磊,山形若白虎
实际上天底下所有能说出来的高度
都不叫高
想起某人时
心里的那声低叹
却能够　让你终身无法抵达

老海州城西有白虎山
山上有建党亭
每天,我走出家门
向东看,看朝阳似火
向西看,看万象归春

苍梧晚渡[1]

背负青山渡河

宜当夕阳西下之时

寒鸦几点

无留恋意

亦无决绝意

如人世间最最常见的别离

此去经年

抑或　此去明天

流水送急信

垂柳演绎缓慢场景

"吾生也有涯，而知也无涯……"

故事和风

都落在了身后

---

[1] 苍梧晚渡，老海州朐阳八景之一，指傍晚时分，苍梧山（今云台山）到朐山头之间的渡口之景。

现在，你是寂静

云台山即《山海经》之"都州""郁州"
其后，世传此岛自南方苍梧飞来
故东汉至唐宋时
亦称苍梧山

天色已晚
我渡不过时间
先渡自己
再去想你